四川文艺出版社

姜
老
刀

著

Cat's Kitchen

"

用
自己喜欢的
方式
吃——生

"

PREFACE

序

幸好，
我只是一只猫

叫声酥，脸像饼。　　　*原本浪迹天涯的我，被强抱进了一家工作室，*
酥饼是我的名字。　　　*做他们的压寨CEO。*

我常常站在窗台，望着外面经过的一班班轻轨。许多人被满满地装在鱼罐头里呼啸而过，他们身旁也有窗，却没有人向外眺望。

我每天都会见到很多人。把我捡回家并给我起名的人，陪我玩耍的有趣的人，总是笑容满面的开朗的人，受了委屈后抱着我流泪的人……还有很多，只摸了摸我的头便再也没见过的人。

人类能做到的事很多。他们高大；可以买来各种食材，做成热气腾腾的食物；可以两腿直立行走；可以在寒冬把房间变得温暖；可以用神秘的盒子跟空气沟通；可以开车去很远的地方。但他们却对我说，真羡慕你的快乐。

我安静地走近他们，躺上他们的膝盖。透过手掌，慢慢熟悉他们的气味。在身边没有他人的时候，平时总是微笑的人会落寞下来，平时看似冷漠的人会露出温和的表情。这时的样子，或许才是真正的他们。

而我唯一能为他们做的，便是静静陪伴。

人，真是复杂而脆弱的动物。

幸好，我只是一只猫。

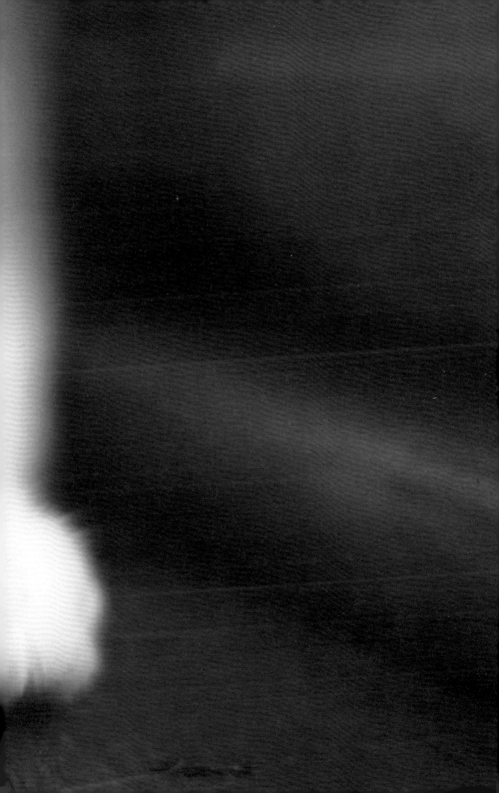

Chap. 1

WINTER

新年鸡汤面

十二月三十一日
星期六

孤独的酱猪脚 ⁰²

〇一月〇一日
元旦

耳光炒饭 ⁰³

〇一月二十日
小年

一只蛋饺 ⁰⁴

〇二月十一日
元宵

彩虹蛋糕 ⁰⁵

Chicken
Noodle Soup

——

新年
鸡汤面

一年又一年，
你身后永远有那么一个人，
他越来越不懂你，
但越来越爱你。

01

冬

Chap. 1

新年鸡汤面

2014 年的时候，我的工作室还只有五个人和一只猫。摄影的大表哥、导演猫叔、制片小胖、设计师肉圆、身兼招财猫和 CEO 的酥饼，还有我。

虽然如今我的工作室规模比当年大了不少，但是我还挺怀念那时的我们。酥饼每天都像狗一样摇着尾巴迎门，大家上班没有签到打卡，点外卖时不用打招呼就会多叫几份一起分享。谁都不把我当老板，情绪毫不遮掩，可以随意地互相开涮挖苦，只有员工家长偶尔来公司坐坐的时候，我才会像个"班导师"，跟家长们聊聊天。

那是临近年终的一天，肉圆妹在公司大哭了一场。

那会儿，肉圆是整个工作室里唯一的女生，我们几个简直是捧在手里怕摔了，含在嘴里怕化了。平时公司里大家叫她，都是以"虹口林志玲"这样的头衔哄着，顺便一提，他们叫我"虹口吴彦祖"。被我们宠成这样的肉圆，在那天受到了三重打击。先是感冒难受，然后是遇到出尔反尔的客户。

"忍两天就到新年了。"盼着跨年大餐所以还没有被打倒的她，刚说完这话，酥饼适时地碰翻了一杯水，一半倒在了她的"爱疯"上。

在一家养了猫的公司，当你把水杯留在电子产品旁的那一刻，就已经输了。可惜她跟酥饼相处了一年，仍然百密一疏，伤

害值成功地积累上升到达她原本就低得可怜的泪点。

虽然是被宠着的姑娘，但肉圆的哭相实在有趣，抬着头号啕的那种。我们本来就是影视公司，于是纷纷热切地掏出摄影设备对准她，还附带一片"丧病"的笑声，其中当然也包括我。

小胖安慰她："要不我也一起手机进水，陪你。"

他大义凛然的话把我们惊到了，虽然我们都觉得"要不我给你买个新'爱疯'"才是正解。

最后成功让肉圆得到安慰的，是闻讯后开了一小时的车赶来公司看女儿的肉圆爸。

比起女儿，这位爸爸更像个"肉圆"，人圆滚滚的，脸上总是一副人畜无害的表情。他看着女儿的时候永远傻乐着，也不知乐些什么，哪怕是被女儿嫌弃着也一样。

肉圆的爸爸之前也来过工作室，见过我几次，每次都是傻笑着对我点点头，招呼我吃他带来的东西。从来没有以任何形式跟我这个所谓公司负责人打过招呼，或是跟我聊女儿工作的问题。肉圆说，以前念书的时候，这位爸爸也从来不关心成绩，只关心她开心不开心。

那天，他还给我们带了一大锅鸡汤。于是我在公司就着他的鸡汤下起了面条。

老母鸡焯水后，和葱姜一起炖上好几个小时，汤色清澈，上

面漂着一层金黄的油。盐等盛汤的时候才放，只加少许就能鲜美无比。拿来下面，我就会在碗里加一个荷包蛋，和几棵水煮青菜。点上一些酱油，夹起一筷子，细面绵软柔滑，每一根都带着鸡汤的香醇，下肚后，整个人都饱暖起来。

见到爸爸来公司，肉圆不好意思，偷偷责怪他这样跑来，会让其他人觉得她是小孩。但吃完面，她脸上又有了笑容。

"这点儿事就哭了，你不是小孩谁是啊？"

肉圆爸拍拍女儿的头，乐呵呵补充了一句："不过像小孩也好，心思多了，就不好哄了。"

这大概是只有女儿的爸爸才会有的想法吧？希望你懂事，却又害怕你长大。

因为到那时候，自己也许就变成了陈旧的老头，不再是你的大树，也读不懂你的眼泪、你的强颜欢笑，或一百种复杂的小情绪了。还要在某一天，带着跟往常一样的笑脸，把你的手交给一个不知哪儿来的臭小子。

小时候哄你破涕为笑的一颗糖，妈妈不在家时给你下的一碗面，你生病时带给你的一壶鸡汤，就是他的味道。

一年又一年，你身后永远有那么一个人，他越来越不懂你，但越来越爱你。

所以，姑娘，擦干眼泪，高高兴兴地过新年吧。

新年鸡汤面

Sauced
Pork Knuckles

—

孤独
的
酱猪脚

墙上仍是我的涂鸦，尽头仍是我的家。
但那扇老窗户，却再也没有香气飘出了。
奶奶再也不会坐在门口等我了。

02

冬

Chap. 1

孤独的酱猪脚

○一月○一日 元旦

我一直觉得"孤独"这个词，如果赋予悲情色彩，挺矫情的。如果说我自己有什么跟"孤独"相关的经历，那就是我曾经也勉强算是"留守儿童"。我父亲来自上海，母亲来自兰州，原本并不可能有交集的两个人，因为一场支援大西北的运动，在一个西北小城天水相遇了。我在天水出生时，就被冠以了一个时代名词：知青子女。

天水这个城市很小，小到几乎所有人都互相认识。父亲在当时的工厂已经谋得了一定的事业，并不打算回上海，但同时又希望能让我看到更大的世界。于是在我刚满周岁的时候，就被送上了去往上海的列车，通向我奶奶的家。

余姚路的弄堂，在我的记忆里，就是我童年的全部了。可能是性格的关系吧，我并没有什么同龄的朋友。陪伴我的，就是油墩子、酱猪脚、狮子头、油面筋塞肉、排骨年糕等等这些好吃的。从小我最常做的，就是从家里一溜烟地跑出，一手拿着奶奶做的酱猪脚，另一手捏着彩色粉笔，从弄堂这头跑到那头，满头大汗地一边往嘴里送猪脚，一边在墙上涂写。写着写着，顺序就发生了颠倒：酱猪脚涂在了墙上，粉笔送进了嘴里。接着——身后那条狭小而窄长的弄堂，尽头处飘出香味的窗户是我家——奶奶走到门口，在我背后，用方圆几十米都能听到的、近乎呵斥的嗓音叫我的名字，催我回家

孤独的酱猪脚

吃饭。

当时的我还有个朋友，就是奶奶养的猫。奶奶爱猫，我如今的家跟个动物园似的，应该就是受到了奶奶的影响。每天奶奶买完菜，给猪脚拔毛就需要一下午。我经常蹲在她的身边，看不了多久就无趣了，跑去追着我家猫玩，满屋子鸡飞狗跳。但那只猫很喜欢我，午睡时会偷偷钻我脚边，平时还经常送我"礼物"。有一次我穿鞋，穿到一半觉得鞋里面有东西，掏出来一看，是只吃了一半的死老鼠……当时我是怎么"炸毛"的我已经不记得了，记忆里只留下了我大叫着奶奶的画面。由于刺激太深，阴影太大，导致如今我三十多岁，看到电视里的老鼠都还要闭眼。

那只猫叫咪咪，那时候全弄堂的猫好像都叫咪咪。它在我家生活了好多年，后来从某一天开始，它突然不见了。那之后，每到饭点，奶奶仍会边敲着猫饭盆边对着屋顶叫"咪咪"，而我也会偷偷地期盼咪咪再次出现。这个习惯维持了很多年。即使知道追不回，哪怕是无用功也仍然执着，这就是我奶奶对待世界的方式。

学龄前，虽然一个人的时光占了我多数的记忆，但我还挺自得其乐，并没有"孤独"的实感。比起我，也许我的父母才更孤独。有一回我妈来上海看我，太久没见到父母，我有点儿陌生了，喊了她一声阿姨。后来听我奶奶说，我妈为这事偷偷掉了好久的眼泪。

开始上学后，那时候对于知青子女的政策是，如果知青留在支援地结婚生子，其子女可以返回其父辈的户口所在地读书，年满十八岁后户口可迁移至该城市。也就是说，我在这个城市读书的状态就是"借读"。既然是借，当然就需要付"租金"。那时候上海的小学一年的学杂费我记得是四十几块，而我还需要付一年一千多块的借读费。但我并没有因此得到"优待"。

我作为一个身高并不高的孩子，却被安排在了教室最后排，没有同桌。而我自己并不在意，就算看不见黑板；毕竟坐在最后一排是多数学生的梦想，无比的自由。可直到有一回，上课发教材，少了一份，而原本已经传到我手中的一本，老师特意上前从我手上拿走，没有任何解释地放到了另一个也坐在最末排没能领到教材的同学手中。

我其实并没有很想要那本教材。但课堂中某些时刻，教室会安静下来，大家都低头看着教材写着什么，无所事事的我开始感到不自在。我握着笔，低头假装盯着桌上的作业本，作业本上写着我的名字和学号，我突然感觉非常难受，想要涂掉那个学号。我觉得在这个班里，根本不需要有这个号码存在。

孤独的酋猎脚

那是我当时认为自己最孤独的一段时间。小学语文有篇叫《蝙蝠》的文章，走兽们认为蝙蝠是鸟，而鸟们又认为蝙蝠是走兽，我读了很多遍，觉得自己很像那只蝙蝠。在上海不被学校老师接纳，去天水父母那边时，也被那里的小伙伴排挤为"上海来的娇气小孩"。隐隐地，开始有些想法在心里作祟，"既然如此，那干脆就说我根本不在乎好了。"好像只有对这些做出毫不在意的样子，才不至于让自己输得很难看。

于是，在学校，我营造着自己"酷酷的什么都不在乎"的形象；回到家，又会因为那些"其实在乎"的事，躲到家里的阁楼上一个人看书写字，顺着阁楼的老虎窗爬到屋顶，躺在瓦片上看着飞过的鸽子，跟自己对话。

回忆起来，奶奶也曾试图理解我，但鸿沟之所以是鸿沟，正因为它不会那么容易被克服。她每天从阁楼上呵斥着把我抓出来吃饭，饭桌上执着地说着重复的话，就像她每天执着地敲着猫碗，呼唤不会再回家的咪咪。

多年后我回到上海生活，当年的余姚路早就变了模样，成了市中心最昂贵的地段，那条弄堂也早已拆迁没了踪迹。回不去那里，于是我做了一块余姚路的路牌，竖在我工作室的门口。那天一位大爷经过，嘟囔着说："搞什么搞，余姚路怎么跑到这里来了？"

我不会忘记，在那里度过的一段有些孤独却珍贵的日子。那曾被我不小心涂在弄堂墙上的酱猪脚，外皮的毛一根根去除得很干净，酱油色饱满润泽，骨头连着肉筋的部分最美味，啃完后手黏黏的，洗了手还有余味够我嗅一下午。第二天吃午饭，奶奶会拿出前一晚装酱猪脚的冰碗，用勺子把猪蹄冻码在我的碗里。我喜欢看着它随着白气丝丝融化在热米饭里，再大口开吃，那是世上最美妙的滋味。

我曾不停地重复做着一个简短而真实的梦，自己再次走过那条狭长的弄堂，墙上仍是我的涂鸦，尽头仍是我的家。但那扇老窗户，却再也没有香气飘出了。

奶奶再也不会坐在门口等我了。

孤独的酉猎脚

Fried
Rice

———

耳光
炒饭

岁月慢慢偷走美好或遗憾的旧时光，
不舍昼夜。
好在，还有记忆。

03

冬

年夜炒饭

今天是小年，工作室已经变得很安静。小伙伴们纷纷回家和家人欢聚。我独自完成最后一点的工作后，披上衣服推开工作室的门，这时酥饼默默地坐在了玻璃大门口，静静地看着我，当我开始锁门时，它突然开始刨门，显得不想让我离开的样子。我又打开门，陪它玩儿了一会儿，告诉它明天会回来看它的。

不知道你们有没有过这样的感觉。翻出一盘布满灰尘的磁带，那段熟悉又陌生的旋律响起时，又或是一些只在记忆里存在的特殊味道，重新闻到时，脑海里往往会浮现出一段场景。这个场景是在你很久远的一段记忆里曾经存在过的，而在此时会重新变得无比清晰，好似昨天才刚刚发生。据说人类的大脑很难记住一些日常的琐碎和司空见惯的小事，但对于一些有意义的事件记忆却会十分清晰。科学家们管它叫情景关联记忆。

气味也许是最能勾起记忆的一种物质了，尤其是那种现在很难闻到的气味，像猪油渣、石库门阁楼的老木头、樟木箱里的樟脑丸、爷爷用的头油和奶奶用的蛤蜊油。这些气味随着时间，离我越来越远，越来越淡。淡到即使是现在打出这些字，也很难清晰地回忆出这些东西的准确气味。然而关联记忆就是那么奇妙，最近工作室在重新装修，设计师找来了一些从农村淘来的老木头作为装饰。我一闻就知道是熟悉的老松木，因为有一股浓浓的松油味。我记忆中的童年，不管是趴在阁楼的窗台往楼下吐口水，还是捉迷藏躲在床下不小心睡着了，只要在这个老屋檐下，就一直能闻到这股浓浓的松油味。

更不用说食物的气味在我记忆中留下的难以磨灭的痕迹了，这种痕迹随着我年纪的增长越来越深，让我越来越留恋。

当年，上海弄堂里做饭的空间都不大，而且常常很昏暗。小时候奶奶就是在上海人叫作"灶头间"或者说是"老虎灶"里为我准备食物的。住在弄堂里的上海人要烧开水，最早的时候用的是七星炉，后来才发展成灶台；上面接着烟囱，前面炉膛像老虎嘴巴，所以才有了"老虎灶"这个名字。那时，每家每户烧菜的时间都差不多，常常到某个时候，小小的弄堂里就会飘出各种饭菜的香味，只要用鼻子闻一闻，就知道隔壁张婆婆今晚是不是又买了新的小菜，王阿姨是不是烧了肉。

二十世纪八十年代的中国，物资还是比较匮乏的，靠着奶奶的精打细算和高超的搓麻将技巧，我们家的伙食在整个弄堂里算是名列前茅的了。每年过年的时候更是丰盛，红烧肉、本帮熏鱼、八宝鸭、醉鸡、烤麸、蛋饺粉丝汤……平时的白米饭，在那天也会翻着花样，被做成"耳光炒饭"。

耳光炒饭里的油会比平时多一些，特别香。里面有高邮咸鸭

耳光炒饭

蛋、鲜鸡蛋、豌豆、虾仁等食材。黄澄澄且颗粒分明的饭粒，夹杂着虾和鸡蛋的鲜，每次我都会胃口大开地干它两大碗。问起为什么要叫它耳光炒饭，奶奶笑着说，因为好吃得打你耳光都不舍得放下碗。我塞满饭的嘴还没来得及下咽，只是冲着她傻笑。

快上初中那会儿，由于我在学校的各种境遇，无心学习，成绩变得越来越差，我爸实在看不下去就打算把我接回西北亲自调教。临走的时候，奶奶让我回家后要听爸妈话，好好学习。叛逆期的我不耐烦地对她说，不要你管。

一年后，在她去世的那天，我和她相隔1750公里。

那之前的晚上，我做了个梦，梦到奶奶突然敲我的房间门，我惊讶地说，那么远的路，你怎么一个人来了？第二天就接到了病危电话。我和爸妈买了三张火车站票，一路从甘肃赶回了上海，却没有见到最后一面。葬礼那天，我作为长孙，抱着奶奶硬得像木头一样的脚，把她放入棺木，看着她跟印象中不太一样的脸，我没哭，只是恍惚间寻思着用来炒饭的煤球炉哪儿去了？房间四周依然是浓浓的松油味，从那以后很久都没有闻到过。

随着我们这些孩子慢慢长大成人，身边的老人一个个都离我们而去，我也开始变得不再向往和在乎节日。因为再也不会

有奶奶张罗着一切，问你想吃什么，咸不咸，淡不淡。亲戚们都只是勉强应付着这个习俗，一年保持着这么唯一的一次来往。原本还能在路边孩子的烟花中寻找到曾经的一些东西，而近些年，市区里也不会再见到了。

按照奶奶曾经的方式，我想在"日食记"也做一次耳光炒饭，却发现根本不知道做法，还去查了很多资料。当油锅里的虾头随着翻炒慢慢溢出橘红色的虾油，那个熟悉的气味散开时，就像一把钥匙，将记忆打开。想起那回不来的过去，我感到无比的沮丧和遗憾，真是羡慕现在还有爷爷奶奶的孩子们啊。岁月慢慢偷走美好或遗憾的旧时光，不舍昼夜。好在，还有记忆。

耳光炒饭

奶奶，多想让你尝尝我做的耳光炒饭。

此时此刻，很想你。

Egg
Dumplings

———

一只
蛋饺

"当你发现岁月是个贼，他早已偷走了你所有的选择。"

04

冬

一只蛋饺

你吃过蛋饺么？

这是我去北方生活的那段日子里，最思念的食物。

用猪油在大铁勺上刷一层薄薄的油，倒一些蛋液在铁勺里均匀地滚一圈，受热部分的蛋液立即凝固起来，转眼就成了一张薄薄的蛋皮。趁上层的蛋液还未完全凝固，将适量的肉馅码上，筷子夹起一侧蛋皮覆盖到另一侧，戳一戳将边缘粘牢。一只蛋饺就成了。

童年时奶奶娴熟地做着蛋饺，我怎么都看不腻，那一只只蛋饺宛若艺术品。制作过程中，我总是会蹲在旁边聚精会神，见证一个个原材料神奇地变成食物。当然，最重要的目的还是可以提前享受到这些美味。

在奶奶做蛋饺的日子，爷爷也会一反常态，早早坐在饭桌边，翻看着书报，心情好时还会哼着些不成曲的调子。我在奶奶身边也学着做过几个蛋饺，但不是破了就是老了。这时爷爷就会在一旁说一句："做坏的那几个，自己吃掉。"

目的达成！

新鲜做好的蛋饺，不管是当火锅的材料，还是做成粉丝煲，都是我的最爱。在热汤沸腾、冒着热气时夹起，凑近就能闻到蛋皮微微的焦香。一口咬下，外层酥软，包裹着多汁的肉馅，吃多少只都不够。每次奶奶看到我吃成这个熊样，总是装作

嗔怒的口气说："吃慢点儿，饿死鬼投胎吗？"可她的嘴角
总是不经意地上扬。而爷爷却会认真说道："小孩子懂点儿
规矩，吃饭别吧唧嘴，细嚼慢咽。"

我对爷爷的印象不深。他是个孤僻古怪的老头，平时很少跟
我说话，总是一个人待着，琢磨着些我不明白的东西。虽然
爷爷管我管得不多，但有些规矩却相当严厉，毫无变通。比
如有一次年夜饭，我无心吃饭，不停闹腾着奶奶，一心想出
去放爆竹。而那天的结局，是我被爷爷罚站在桌边，不许吃
饭也不许出去玩。他丝毫不会因为是大年夜而对我放软。
窗外爆竹声鼎沸，相比家里的安静，让我感到无比压抑。那
时我双脚发麻地站在桌边，心里有点儿讨厌爷爷。

一只蛋饺

家里长辈说，在那个物资匮乏的时代，是爷爷带着一家人逃荒来到上海，经历了许多无法言说的艰苦，才渐渐得到了一份不错的工作，憋着一口气，以一己之力，一分一分挣了一家八九口人的口粮。他的不苟言笑，其实只是情绪没有人能窥见罢了。

后来奶奶去世了，我也早已离开了上海，回到父母身边读中学。坏脾气的老爷子就这样淡出了我的生活。

上大学后，听其他长辈说他得了痴呆，时而清醒时而糊涂，由父辈们轮番照顾着他。那年春节，我回去看了他，那也是我在他得病后第一次去见他。

见他之前，我也做了充分的想象：曾经高傲倔强冷漠的老头，因为痴呆而不认识自己的孙子，冷冷地歪着头流着口水——那也是高傲倔强冷漠的口水。

然而，我见到的却是一个和蔼可亲、满脸微笑的老头。

听长辈们说他这几天的状态不错，大多事物都辨得清。我叫了声爷爷，他眼神有光，叫出了我的名字，抚摸了我的袖子和双手。虽然说话不太利索，但清晰地表示了要我坐他身边。服务员一道道上菜，爷爷吃得不多也不怎么说话，只是安静听着他的子女们交谈。直到上了一道蛋饺鱼丸粉丝煲。我爸给他盛了一碗，他看着自己碗中的蛋饺，夹起来，然后塞到

了我的碗里，看着我微笑。

"吃。"

他只说了这一个字。

明明是同样的五官，但人的表情原来可以相差那么多。我以为从来都不会微笑的一张脸，一旦笑起来，就像另一个人。这不是我认识的爷爷，或者说我从来都不认识他。也许是他的痴呆，让他丧失了伪装自我的那个部分。又也许是终于把当家的担子放下，开始不得不接受年迈的孤独，承认自己的敏感和脾气无济于事，承认自己心里，也一直惦记着别人。

以前看《岁月神偷》有一句评价说：当你发现岁月是个贼，他早已偷走了你所有的选择。

没想到这个用倔强撑满骨架的人，有一天也会用微笑的方式认输，输给了岁月偷走的那一部分。

一只蛋饺

Rainbow
Cake

———

彩虹
蛋糕

会不会有一天，
我们不再记得曾聊过的话题，
而你仍在我身边，
只是静静地牵着我的手，不说什么话。

05

冬

Chap. 1

彩虹蛋糕

每年情人节，我都会给"日食记"拍一支谈话类的特辑。

有时让两个恋人谈谈他们的故事，或是让两个陌生人聊一些共同话题，预先得找到合适的人，绞尽脑汁地准备话题，而对拍摄时他们即兴的反应和说话内容不做任何干涉。拍的过程要维持很久，最终可以采纳成片的部分并不多。而那些拍摄前无法预知的情感和小碰撞，一旦成功捕捉到，就像花了一整天的时间爬山，拍到漂亮的日落时的心情一样。

因为是情人节特辑的"日食记"，免不了还是要做甜品。酸奶拿破仑、MOJITO棒冰、巧克力棒棒糖……我很少吃甜食，自然也不擅长做。每次做到复杂的甜品，往往还要提前学好久，比如彩虹蛋糕。

明明是关于我不擅长的"聊天"和"甜品"，但每年的情人节特辑，我仍然准备得乐此不疲。要追溯源头，是因为我认识的两个人。

他们是通过中间人介绍认识的彼此，也就是传说中的相亲，没有任何浪漫的影子。

当时，他手腕袖口掉了一颗扣子。为了不让她发现，他一直藏着捂着，可结账时，还是露了馅被她发现了。

他们那天见面聊了三个小时，话题无外乎是一些家庭情况、自己在做的工作，还有最近读的书。可直到多年后，她记得最清楚的，还是那颗扣子，以及他那副笨拙的表情。

后来，因为身体原因，她住院了一小段时间。检查结果并不算特别严重，医生说如果情况保持良好，一辈子不做手术也没关系，关键是好心情。他得知后，一有空就去找她。她喜欢甜食，于是每次他都会带上一盒，点缀着红绿丝的糕点，或是顶上有樱桃的奶油蛋糕。去了也没有别的什么事，就只

彩虹蛋糕

是坐下看她吃，陪她聊聊天。

两人总有说不完的话题，从家常到时政，什么都聊，常常一聊就是一下午。

如今，他俩早已结婚多年。当年的旧疾已成为历史，不再困扰她的生活。直到今天，她每次坐地铁回家，快要到站时都会给丈夫发条消息，而他就会在收到消息后，优哉游哉地从家出门，步行十五分钟路去车站接她。冬天合抄同一个口袋，下雨同撑一把伞，然后两人慢悠悠地晃回家。路过蛋糕店，仍会买一块老款的奶油小方或彩虹蛋糕。

蛋糕质地轻软，彩虹色的多层组合，让人对味道更多了一层期待。棕色是巧克力，粉红是草莓，清新的绿色是奇异果，它们丰富的滋味由白色层的酸奶味儿综合，在口中混合、融化，一勺挖到底，就是道完整的彩虹。配上一杯茶、一个说话的人，消遣的下午也变得缤纷。

日复一日相处的时间里，究竟在聊些什么？有那么多话题吗？

"有话就聊，没话那不聊也没什么。我们老夫老妻几十年，该聊的早聊完了。"

他这样回答。

从两人不停聊天，到不再聊天，这就是他们俩的爱情故事。

我的父母。

你曾坐在我对面，把你开心的事、后悔的事、成长时的事，一件一件地说给我听。而我想的是，会不会有一天，我们不再记得曾聊过的话题，而你仍在我身边，只是静静地牵着我的手，不说什么话。

为了那个瞬间，我愿意陪你聊很久，等很久。

我想，这就是我们聊天的意义。

Chap. 2

SPRING

酥讲的鱿鱼虾杯

○三月二十日
春分

二分之一的泡面 07

○四月○三日
星期一

摇滚的番茄打卤面 08

○五月○九日
星期 二

落幕的糟肉和花卷 09

○五月二十一日
星期 日

Tuna
Egg-cup

酥饼
的
鲔鱼蛋杯

酥饼，
是捡了我的那只猫。

06

春

酥饼的鱿鱼蛋挞

〇三月二十日　　　　　　　　　　　　　　　　春分

2013 年的夏天，我第一次遇见酥饼。

据说那是魔都多年来最热的夏天。我中午出门买菜，在家门口的花坛边见到一只纸箱。箱子里面散落着几颗猫粮，和一小团白白的毛球，它就直直地在这正午的烈日（车顶上都能煎蛋了）下暴晒。

我其实挺害怕动物的尸体，所以一开始也只是隔着远远的距离看了看那团小毛球。那是只瘦巴巴的小奶猫，估摸两个月大。在我凑近看的时候，大概正好遮挡了一部分的光照，我脑袋的阴影落在了小毛球的头顶，它动了一下，似乎是感觉到有人。

见它还活着，我把它挪到阴凉的位置。没了阳光的直射，它终于眯缝着眼抬起头。两眼外凸，口鼻处有黑乎乎的猫藓，耳朵又很大，不得不说，它丑丑的像个外星猫。

我边琢磨着该怎么办，边摸了它一下。它一反之前萎靡的样子，顺势爬上了我的手臂。虽说不太灵活，但力气倒是不小，抠着我的肉不松爪，最后我只能吃痛地带它回家了。直到现在，说起当时的情景，我都觉得自己才像是被捡的那一个。

当时家里已经养着奶油这个猫主子了，于是，我想到了我的工作室。问了一下同事，大家也都很高兴有新猫加入。顺理成章地，我们的工作室有了一个 CEO，取名酥饼大人——

因为捡它的时候我正在吃奶油酥饼，是缘分对不对？

酥饼在工作室度过了它的童年。每次一有人来它就会迎门，午休时拿软木杯垫当飞盘跟它玩，它甚至能帮你叼回来；女同事蹲下摸它，它就往裙子底下钻；加班后我在沙发上小憩，它就会挨着一起睡。有时候真怀疑它是一只狗。

拍"日食记"则是半年后的事了。酥饼对于我们在办公室里拍片这件事非常好奇，每次摄像机摆开，我开始做饭，酥饼就不甘示弱地跳上桌子——霸屏。

酥饼特别喜欢吃熟蛋黄和鱼，我后来做起鲔鱼蛋杯，也跟酥

↖ 2013 年夏天，酥饼在老工作室。

酥饼的鲔鱼蛋杯

饼的口味爱好有关。白煮蛋切半，掏出蛋黄，跟等量的鲔鱼罐头拌在一起，再装进蛋白里，点缀上鱼子之类。模样精致，口感也丰富，吃过的人都很喜欢。作为冷餐非常简单实用，适合招待朋友时拿来装逼。而对于酥饼，那小小的一枚更像个玩具，每次它都会拨弄玩耍到最后一刻才吃。

眼看它口鼻处的黑色疤痕褪去，开始变胖、长大、个性稳重。有时我们看着它也会感慨，这还是最初那只"外星猫"吗？公司里养着猫唯一的问题，就是遇到放假或出远门的情况，得找到信任的人托付。在养酥饼之后，第一次出远门，是我们要出差十五天拍片。于是在那前夕，我把酥饼暂时托付给了我父母。

把酥饼带出工作室花了很大工夫。猫是非常敏感且执着于自己归属地的动物，自从被我捡回工作室以来，它从没真正离开过工作室。刚把它送到我爸妈家，它就像一道闪电般地窜到床底下，任我怎么哄都纹丝不动，连平时能让它疯狂的鲔鱼罐头，它都不看一眼。这让我很忧虑，但我也别无办法。

离开后第三天，我爸给我发了微信，说发生了件高兴的事：酥饼不再待在床底下了，因为我爸发现床单上被尿过了。他还说，已火速把猫砂盆都挪到了床边，好让酥饼自在一些。床被尿了，还跟我说这是件高兴的事。不得不说，我被我爸萌到了。

第四天发来照片时，我爸的床已彻底沦为酥饼的领地。

很快，十五天过去了。我再次踏入我爸妈的家。酥饼当时正躺在我老爹腿上接受"马杀鸡"。发现我之后，它乐不思蜀地歪头望着我，一脸"这位客官好眼熟，请问贵姓"的表情。

带酥饼回工作室时，我爸把酥饼的日常用品，连同他这些天写的一篇随笔一起交给了我。他一路送我们到我的车离开小区为止，而酥饼则一副依依不舍的样子看着窗外招手的老爷子。

回去的路上，我爸发来微信，让我路上小心，还在末尾多加了一句：你妈已经在想念酥饼了。

但我知道，真正在挂念酥饼的，是他自己。

经常有人说，酥饼能被养得白白胖胖，是遇到的主人不错。

但只有养着动物的人才会明白，究竟是它离不开人，还是人离不开它。

如今每当被问起酥饼，我仍会回答：酥饼，是捡了我的那只猫。

对了，那篇我爸交给我的随笔，最后一段是这样写的：

> 人和动物有根本的区别，但也有关性，即
> 情感。
> 　情感的交流，语言是惟一的途径，酥
> 饼原本是一个四处流浪的小猫，跟我们
> 一起相处的日子里，由互相陌生、戒备到熟悉、
> 融洽，都离不开情感的交流。情感的基础是
> "爱心"，
>
> I love you !

Budae
Jjigae

——

二分之一
的
泡面

生而在世，
能遇上温柔的灵魂，相伴走过一段，
即使平淡如水，也已是幸运。

07

春

一刀之　的泡面

小刀十多岁，它已经很老了。

小刀是我养的金毛。

我第一次见到小刀的时候，它一岁多，对于狗来说已经成年，但它的体型比起一般成年金毛要小一些。据说它的前任主人因为老婆生孩子，或许还有其他原因，将它退回了宠物店。按照国际标准来说，这条金毛属于"失格"，也就是有点儿串，不如外面的金毛看起来那么神采奕奕。下班我经常会路过这家宠物店，每次都能看到它落寞地在笼子里看着窗外，似乎很久都找不到新主人。

于是我把它带了回来。

带它回家有一段日子后，我渐渐发现小刀和其他狗的区别。它虽然亲人，却很怕被拥抱，总会挣开你的手臂，也不给摸肚子，更不用说背朝地平躺了。我放在桌上的外卖或其他食物，即使它轻松就能够得到，也绝不会吃。它也不敢自己上车，哪怕有我在背后托着，也要尝试很久才可以。甚至在我一开始带它去散步时，都不敢上小区里的花坛。

也正是因为敏感，养小刀是一件相当省心的事。它亲人但不缠人，即使卧室门开着，只要我不招手唤它，它就定定蹲在门口看着我，一步也不往里迈。不啃沙发，不咬电线，跟家里的猫和睦相处，我甚至好多年没听它叫过一声。开始以为它是哑巴，直到多年后，家门外有个陌生人鬼鬼祟祟地瞎溜达，它一声震天雷一般的吠声，都快把我给吓崩了。哦，原来它只是不爱说话。

来家里做客的朋友们都问我，这么乖的狗是怎么教的。而我能感受到，它的谨慎乖巧中，有很多或许是出于它的自我保护。虽然与我相伴很多年，但小刀心里的某处，仍对人怀有戒备，无法全心地接受我。

而就是这样的小刀，默默陪我度过了我最动荡的年纪。乐队解散，找工作，辞职跟家人闹翻，自己开工作室……也曾有过一段状态最差的日子。

那时，拖着疲惫不堪的身体回到家，常常已是凌晨。小刀一天要遛两次，而晚上的那一次，对那时的我而言是一件耗费精力的事。偶尔我心存侥幸，觉得深夜小区里空无一人，小刀又非常听话，于是图省力，遛狗时没用牵绳。

那一天，一条短信的工夫，回过神来小刀却不见了。夜里很黑，看不见太远的地方，我焦急地找了一个小时无果，一个人站在一片漆黑中心灰意冷，脑中闪过无数最坏的念头。感觉最糟糕的人生也不过如此了。最后我决定回家另想方法。

而回到家门口，惊讶地看到小刀正趴在家门口等着我。它站起来，冲我摇了摇尾巴。

一分之一的泡面

我带小刀进门后，蹲下身抱着它。生活的重压已经让我有点儿想投降认输的时候，真的庆幸老天没有夺走我那最后的一丝光。那天，它难得在我手臂里停留了几秒，眼神和我对视了一小会儿，但很快就又跟往常一样撇到一边不看我，并且开始往后退，挣开了我。接着，它蹲在离我小半步的位置，舔了舔我的手。

就这样，我们不知不觉在一起度过了我的青年时代。渐渐意识到小刀老了，几乎是一瞬间的事。发现它脸上的毛开始变白了，走楼梯开始喘气。吃饭时，有时会突然咳嗽起来。一起散步时，它不会再拽着绳子往前跑了，而是安安静静地走在我身侧。

我开始想方设法让它的晚年过得开心。除了狗粮，我也会用白水煮牛肉，一边把肉晾凉，一边拿牛肉汤来做部队锅。汤里加上泡菜、辣酱、午餐肉、豆腐、白萝卜，放上方便面饼，有条件再加一片芝士，打个蛋，无可挑剔的丰盛。等我把面做完，晾着的牛肉也早已不烫了。于是小刀吃肉，我吃面。泡菜的汁水溶煮后，变成一锅红彤彤的泡菜汤。入锅的每一样食材都会吸收汤底的浓郁，又贡献出更多自身的鲜美，让这一锅的美味也达到了顶峰。屋外寒风呼啸，屋内飘香，一窗的水汽欲滴，屋里淡淡的音乐，我和小刀安静地吃着各自

丰盛的晚餐。这就是冬夜里生活赐给我俩最大的满足感。

知道小刀来历的朋友问我，小刀也许永远都会对我有所保留，会不会让我觉得遗憾？

其实我并不在意。在那个最疲惫的深夜里，它愿意在门口等我，即使是离我小半步的位置。有它的陪伴，我很感激。

因为生而在世，能遇上温柔的灵魂，相伴走过一段，即使平淡如水，也已是幸运。

一万之一的泡面

2006 年，小刀刚刚被领养回来的样子。

摇滚
的
番茄
打卤面

味觉有时候是个很奇妙的东西。
你觉得似乎即将遗忘的事,
随着一种熟悉的滋味,
瞬间翻上心头,仿似昨日。

08

春

Chap. 2

摇滚的番茄炒蛋

如果要说什么食物最让我记忆深刻，我可能会毫不犹豫地说番茄炒蛋。废话，让你连吃三个月的番茄炒蛋，相信它也会成为你生命中最重要的那道菜。

有一支叫 Nirvana 的摇滚乐队，在二十世纪九十年代，他们用自己的音乐隐秘地改变了世界的某一部分。这个部分也包括了那时的我。所以那时刚毕业的我，就义无反顾地投入了地下乐队的行列。

在千禧年那会儿，网络是一个刚刚兴起的新鲜东西，上网"冲浪"寻找志同道合的队友，就成了那时我的主要业余生活。那时候，网友见面可没有现在这么普遍，手机还是个很稀罕的东西，我和我的吉他手约在上海最著名的网友集中地人民广场肯德基门口见面。我们点了饮料，聊了各自喜欢的音乐风格和理想，最后大家推搡着互相争抢结账。乐队就这样成立了，我也成了一名玩音乐的待业青年。

那时候刚毕业，没有收入来源，大家凑钱租房子、排练，而我则顺理成章地成为乐队的队长。倒不是因为我的水平比较高，一来我最年长，也相对比较有经济头脑，所以乐队一切走穴挣钱的公关事宜队友们都心安理得交给了我来处理。二来，也是最重要的一点，我会做饭。对于那帮熊孩子来说，除了会乐器以外，基本毫无生活自理能力。在外租房的这一

年多，能活下来，也算是个奇迹。

当时我们乐队的几个成员都住在一起，除去房租后，每个月的伙食费大概只有两三百。于是我每周都去菜市场买一堆便宜的鸡蛋和番茄回来，给大家做番茄炒鸡蛋，做成面条就是番茄打卤面，放在饭上就是番茄炒蛋盖饭。打卤面是一种北方经常吃的面食，其实就是在煮好的手擀面上覆盖一层番茄炒鸡蛋。秘诀全在滑溜而劲道的手擀面、去了皮的番茄丁加上松软嫩黄的炒鸡蛋，这几种口感混在一起，让微酸而鲜美的滋味尽量发挥到极致，构成了百吃不厌的番茄打卤面。

就这样，他们心安理得地吃了我整整一年的打卤面和盖饭，而我也练就了单手打蛋的技能。

一年后，大家为了生活开始各奔东西，而这一年番茄打卤面的滋味伴随了我这段不羁的时光。

味觉有时候是个很奇妙的东西。你觉得似乎即将遗忘的事，随着一种熟悉的滋味，瞬间翻上心头，仿似昨日。在很多年前，我已经转到影视行业工作了一段时间，经济上也好转不少。某天偶然在路上遇到了失联很久的吉他手，还是一头有些油腻的长发，看上去有些萎靡。我说一起吃饭，他说，那就附近面馆凑合下吧。问他最近怎么样，他说还行吧，在家待着呗。我们不约而同地点了番茄打卤面，整个过程中没有人试图打

探彼此。相对无言地吃完后，互道再见。

回家的路上，电话铃响了，铃声是 Nirvana 版的 Seasons in the Sun。

一碗面，一首歌，把我拉到了那一年。夏天潮湿的房间，一张圆桌几把折叠椅，桌上热气腾腾的番茄打卤面，光着膀子的少年们满头大汗地吸溜着面条。那一年，单声道的卡带机里也放着这首 Seasons in the Sun，头顶上的吊扇吱吱作响。那是一个属于少年们的夏天。这，不就是我们的少年心气。

摇滚的曾加打囚面

Goodbye my friend it's hard to die

When all the birds are singing in the sky

And all the flowers are everywhere

Pretty girls are everywhere

Think of me and I'll be there

再见了我的朋友们 离开你们真的很难

当所有的鸟儿都在天空尽情歌唱

所有的花儿都盛开烂漫

到处都是漂亮的女孩

想起我 我就会回到你的身边

2001年，一个想做音乐的待业青年。

Pork in Sufu Sauce
and Steamed Roll

—

落幕的
糟肉和花卷

从那天起，
我也会失去曾经拥有过的力量。

09

春

落幕的槽内和花爸

突然有一天惊觉，姜庆华同志都是个快七十岁的老大爷了。于是给他搬家，换了套一楼的房子，方便走动的同时还能有个小院子可以给他种种花花草草什么的。装修为期两个月，虽然看表情就知道他有点儿老大不乐意，但也只能暂住在我家作为过渡。

大概是独立生活了十几年的关系，虽说是自己父母，但确实也给我的生活带来了各种不方便。人的年纪大了大概势必会有些奇怪的坚持吧：比如不爱开灯；不看大电视，宁可在手机上看连续剧；不爱开空调，大冷天宁可穿着大衣蜷缩着。其实我知道，他是节约惯了。

说来也真是巧了，我家也刚好在重新装修厨房，导致没法儿开火做饭。给他每天叫一些外卖吧，怕他嫌贵，就骗他说送饭的是我哥们儿，每次只要十块钱成本费。于是一次，他就拍着外卖小哥的肩说："兄弟，以后肉少送点，多送点素菜来。"外卖小哥当场就蒙圈了。

谎言被戳穿后，姜同志很生气，推说外卖一点儿也不好吃，坚持要自己做饭。我说家里煤气灶都还没通，你做什么饭呀。他指了指电饭锅，说，这不有个电锅么？以后晚上早点儿回来，我们在家吃。我内心翻个白眼就上班去了。下班回家一开门，发现桌上放着标准的三菜一汤：西红柿鸡蛋汤、拍黄瓜、

白灼虾，竟然还有一盘糟肉。腐乳色鲜艳欲滴，肉质略带透明，肉香扑鼻。我咽着口水，忍不住献上了自己的膝盖。

"这位老同志，采访你一下，到底怎么做到的？"

"这不就是些快手菜么，有个电锅就能做啊。"

姜庆华同志居然傲娇得很。

据他事后传授经验，竟真的很简单。先在电饭锅里将肉和香料煮到七分熟，取出切片装碗，再淋上腐乳汁、料酒，放少许糖，再下电饭锅隔水慢慢蒸就做好了。这个方法简单方便，一试便知。

那天晚上我吃了四个花卷、半盘糟肉，最后连夸他的力气都丧失了。从那天起，我整整吃了两个月我爸做的电饭锅家常菜，居然还每天换着花样来。

做饭方面服归服，生活起居上的矛盾依然不少。一天晚上，我费了很大的力气教会了他智能生活，怎么使用智能电视、无线吸尘器、干衣机。老实说，他缓慢的反应速度让我这个长期适应快节奏生活的人变得有点儿不耐烦。正当我用教育公司年轻人的口气对他说话，而他诺诺应承的眼神里透着慌乱时，我突然发现，他不再是以前那个姜庆华同志了。

他不再是那个曾练过摔跤打遍弄堂无敌手，在我犯错时，一只手就能把我摔个大马趴的人。也不再是那个对我的作文稍

加指点就能让我赢得作文一等奖的那个人。更不再是那个曾经对我的人生有着无上掌控权的庞大的父亲。他，好像变得不堪一击。

那天晚上还发生了一件事。小刀可能由于年纪太大，憋不住在家尿尿了，地板被尿液泡烂了一块。我有点儿生气，刚吼了它一句，它就蹲在地板上直发抖。当我心疼地摸它头的一瞬间，我听到它轻轻地呜咽了一声。

两个月后，姜庆华同志回到了他自己的家。老同志显得很高兴，摸着崭新的家具，看着宽敞的院子，咧嘴笑着说，以后总算有事儿干了，我要把院子种满花草。晚上他又给我做了一次糟肉，我埋头吃着，也始终没有开口对我之前的不耐烦道个歉。而他看着我吃糟肉的样子，似乎也毫不在意。

也许是欠了你太多道歉，不说也就罢了。人们可以推脱给"我们是含蓄的东方人"这样的借口。但看着你们这些在我身边的家伙们一天天变老，变得不像自己，我心里的不安和焦躁也在一天天加重。

在很多年后，我也注定会变成你现在的样子。希望在那天，我的孩子可以耐心地带我一起去重新认识那个世界，因为从那天起，我也会失去曾经拥有过的力量。

夏 Chap. 3

SUMMER

猫育虫片粥

〇六月〇五日
星期 一

凉面和小排[11]

〇六月十八日
父亲 节

等你长大的青菜[12]

〇七月十二日
星期 三

人生菜单牛肉面[13]

〇八月十五日
星期 二

猫背
鱼片粥

需要面对的，
是眼前确信的路。
世人的评判，
留在猫背之后。

10

夏

Chap. 3

猫背鱼片粥

记得第一次看到关于婆婆的消息，是一位意大利摄影师拍摄的一组驼背老人的照片，她被称为"猫奶奶"。

她在艳阳照耀下的街道边喂猫，行人从她身边匆匆而过，路人偶尔望向她，而她眼中从未映着路人。

她把政府拆迁补贴的几十万块钱都花在了喂养流浪猫这件事上。就这样，花光了所有的积蓄，一个人风餐露宿，衣食拮据，却如此这般，坚持了二十年。

看这组照片时，我的耳机里正放到梁晓雪的 Last Forever，他低声反复的吟唱，暗合着组照里的氛围。一种奇异的情绪从心底涌起：我想拍她的故事。

当我跟团队提出这个想法的时候，团队里大多数的人是反对的。倾尽所有去喂养野猫，这样的行为虽然"伟大"，却也偏执，并不值得盲目提倡。而且，他们不想让这次的拍摄，变成一个"呼吁大家捐助爱猫老太"的俗套慈善表演。

但最后我仍坚持与婆婆取得了联络，并征得了她的拍摄许可。跟随在她佝偻的猫背之后，缓慢地进入猫咪之城的结界。

每天一早，婆婆都会去杂货店买一大袋一大袋的猫粮，搬运上小电动三轮车。还会花额外的一百元请一个叫赵志刚的人帮忙给她烧一盆鱼，她要给猫咪加餐。

她能够清楚地记得不同猫咪出现的角落，哪个小区的树丛，

哪片垃圾回收场的空地。她哼着旧时代的曲调，跟我们也不曾有过多交谈。

婆婆放下了食物，有些猫毫无顾忌地过来吃；而有一些则相当机敏，远远地观望，等待危险排除；有一些长得滚圆肥壮，年轻漂亮；也有的拖着残废的腿。

看着这些猫，有时一瞬间，会有一种俯视命途迥异的人间的感觉。那些围绕在婆婆身边出现的人们，也和她喂养的猫们一样姿态各异。

每天卖一百块钱一盆鱼给婆婆的赵志刚，不多话，也不亲切，但严守承诺。每天他们进行着简单的交易，却把这个简单的习惯延续了十几年。

还有大声呵斥婆婆妨碍他们走路的路人，他们疲惫地应付着自己的生活，无暇旁顾。

有中年妇女提出想要加入一起喂流浪猫，但自己不愿出一分钱，想让婆婆免费送她们猫粮。

有看到婆婆就眼眶泛红，偷偷塞给婆婆一百块钱的路人，也有收留婆婆夜宿十几年的超市老板。

还有一脸尖酸的人，他们说："呦，老太婆，你喂猫喂红了，要发财了。"

只要踏上这条路，周围的声音便不绝于耳，我们感到强烈的

猫与鱼片粥

不适。而与我们不同，婆婆只是安静地弓着背，轻轻抚摸脚下的猫咪们。她不仅对周围的评论充耳不闻，甚至我们的镜头之于她，也犹如空气一般不复存在。

曾有一批最早发现婆婆的捐助者们筹集了一些钱，给她买了一辆电动三轮车，还为她租下了一间只有几平方米但至少可以睡觉的小房间。

拍摄前我曾问过婆婆喜欢吃什么，我给她做。她说老了牙口不好，就喝粥吧。于是那天，我们挤在婆婆那间小房里，一起吃着我带来的鱼片粥。这是我小时候生病时最常吃的，因为我不爱喝白粥，奶奶就把鱼骨头熬汤，代替水来煮粥。在滚热的粥里放入薄薄的鱼片和肉松，淋上几滴麻油，我总能大口地吃完。

一开锅，整个屋子里都飘着鱼的鲜美味道，馋得家里的猫直叫。在婆婆喝粥的时候，我们也问她，为什么要花那么大的力气救助流浪猫？

婆婆放下碗，用她那很难懂的口音，不那么流畅地对我们说了一段让我们吃惊的话。

她说，她信人有七世，之后会转世为猫。因为老天要让人历练作为猫的疾苦，才能够更好地珍惜人间。这个世上，有人的一份，也有猫的一份，并没有什么差别。她相信通过喂猫

这样的仪式，用二十年的时间，可以修得功德圆满。

她还说，她没有在拯救什么，她是在拯救自己。

这样的答案远远超出预期。婆婆没什么文化，也确实有偏执的部分。但她站在生命的尽头，对世间的一切早已用自己的方式看透。

回首在这之前，自以为温柔对待婆婆的我们，其实跟那些自以为是定义婆婆的路人们，并没有太大区别。我们给婆婆贴上的"同情"标签，就跟所有的误解一样，在她的猫背之后，全都显得苍白无力。

在那位意大利摄影师的微博上，关于猫奶奶的最后一张图片是这样的：夕阳西下之际，在这座钢铁城市的废墟中央，婆婆端坐在一个破藤椅上，怀里抱着一只脏脏的猫，正在安详地打着瞌睡。昏暗的路灯之下，你会看到她的脚下围绕着数十只流浪猫，安静地坐着，陪伴着她。

强者自救，圣者渡人。她弯曲的背线，富含禅意。

需要面对的，是眼前确信的路。世人的评判，留在猫背之后。

猫身鱼片術

118 —— 119

Cold Noodles
and Spareribs

——

凉面和小排

你越变越像曾让人操心的我，
而我已在不知不觉中成了你。

11

夏

Chap. 3

凉面和小排

那天，我爸来了我的工作室。

工作室成立了六年多，他没来过两次。

他好奇地盯着我养的猫——酥饼，而酥饼也一直好奇地端详他。

生活在我工作室里的酥饼，自打记事起，就只见过各色小鲜肉和漂亮姑娘，每个人都一脸谄媚地爱它爱得要死。因此，面对眼前这个长着皱纹和白发，不多话也不爱笑的老头，酥饼一脸的肃然起敬。

我和我爸的关系，曾如同卡夫卡笔下描绘的父子般浓烈。他既是权力与秩序的象征，又如同一个巨大的阴影笼罩着我的整个前半生。

我父亲在上海长大，读完大学后因为时代的缘故去了甘肃天水当知青。后来，身边同去的人们纷纷回到故土，但他没有跟别人一样回家来。童年时我对父亲最深的印象，是偶尔回一次上海，没多久又匆匆要走；我站在奶奶家的弄堂口，看着他对奶奶说"别送了"，然后拍拍我的头，转身离去。

那时的父亲，对我来说是奶奶口中的故事。他在为着他所相信的东西奋斗，虽然我不知道那确切是什么，但我明白的是，他不会回头。

在我处于叛逆期的年纪，因为奶奶管教不了我，我被父母接到了甘肃。从相处的第一刻起，我跟我爸几乎所有的想法都背道而驰。我想要的，他都反对过；他认为好的，我却总是不屑。

但其实，我们也有过亲密无间的时光。暑假里，他教我踢足球，饿了，便一起吃我最爱的凉面。面的凉滑，花生酱的浓厚，醋的酸爽，加一勺辣酱，吹着电扇，两人吃得痛快淋漓。在我狼吞虎咽的时候，我爸总会往我的凉面里夹一块糖醋小排，说："慢点儿吃，一口面，一口菜。"

这是最好的夏天。蝉鸣和凉面。

毕业后，我跟父亲的矛盾和分歧进入了白热化阶段。我进入了他所不认同的行业，做着他认为不稳定的工作，在他终于

凉面和小排

慢慢妥协认可了这份工作时，我却又离职了，开始了他眼中完全不靠谱的创业。

我对我的同事，我的伙伴，总是知无不言，畅谈理想和未来。但是面对父亲，我好像从没有对他的质疑做过任何解释，甚至都没有向他描绘一下我要的究竟是什么。

我父亲不是一个在他面前畅想一下未来就可以糊弄的老头，比起附和，或空口承诺，不如用时间和事实向他证明我是正确的。我想，这样我和他都能有一个不痛苦的未来。即使这么做，是有风险的。我当然也曾想象过自己失败了，靠着微薄养老金度日的晚年生活。但，管不了那么多。

我努力挣脱，想要向我爸证明我跟他不一样。我妈却说，我

自顾自闷头往前走的样子，跟当年的姜庆华同志一模一样。

直至今天，虽然我常回家陪伴父母，关系也早已融洽，但我爸还是很少过问我的工作，他仍是那个自尊心极强的老古板。但我知道他是好奇的，帮他修手机时，我发现他偷偷订阅了我的公众号，还经常给我的微博点个赞。

于是我打电话给我爸，让他来为我的片子上镜，那一集就是《凉面 × 糖醋小排》。我不知道他记不记得那一年，那个最好的夏天。那通邀请电话很短，我爸在电话那头听着，只是简单地"哦"了一声。

然后他出现在了我的工作室里。

从没想到我的工作，有一天能成为我俩之间的台阶。我爸坐在我的办公位上，喝着我泡的茶，读着我买的书，玩着我喜欢的游戏，吃着我做的凉面和小排，顺从地听从我的安排，拍这拍那。

东方人的亲情就是这样，有时候鼓起勇气，也只是会用一个眼神，假装若无其事地淡淡说一句："慢点吃，一口面，一口菜。"凉面和糖醋小排的那集"日食记"上线后，我以为他会对我说些什么。而他只是跟往常一样，在微博上，给我点了一个赞。

卡夫卡曾写信给父亲：我写的书与你有关，我在书里无非是

凉面和小排

倾诉了我当着你的面无法倾诉的话。虽然以后我依然不会拥抱，也不会大声说我爱你，但那又如何？

你越变越像曾让人操心的我，而我已在不知不觉中成了你。

2015 年，和姜庆华
同志一起拍摄《日食记》。

Stir-fried
Vegetables

——

等你长大
的
青菜

听说，
当一个人战胜了最初的本能，
开始主动改变自己的时候，
他就长大了。

12

夏

等你长大的青菜

到我这个年龄，身边的朋友们和同辈的表兄弟姐妹，基本都有孩子了。

这些熊孩子们都有一个共同点，就是第一次见到我这么个又蓄胡子又有文身的叔叔，都要躲着走，但一旦到我家来玩过之后，见到有猫猫狗狗可以玩、有各种游戏的 PS4、还能大投影放动画片，于是纷纷开始黏着我不肯放。甚至回家时还依依不舍抱着我家门柱子哭，得爸妈连哄带骗拽着走。

孩子见多了，发现他们几乎都有一个毛病，就是吃饭时只爱吃肉，蔬菜都得让家长按着头吃。

想起来，其实在我小时候，也是不爱吃蔬菜的，也不能理解为什么大人非要吃。而为了能让我多吃蔬菜，我妈想尽了办法：她开始把青菜和我喜欢的回锅肉炒在一起。这下轮到我不知道该怎么抉择了，当它们在油锅里一起炒的时候，我的心都跟着一起翻腾起来。

我妈做回锅肉很有一手。她会把肉片切得特别薄，才刚刚下锅的一瞬间，就可以感受到肉片和油闹腾在一起的清脆。等肉片两面被煎得金黄的时候，再加入一大勺豆瓣酱，整个屋子都飘着这香味。

当然，这菜还没做完。她一定还会在盘子里加上一把煮好的小青菜，和在一起。我望而却步，她就会把我逼到一个角落，蹲着一口一口喂我。还会说:"来,臭小子,把这碗吃光光,才会长高长大。"

即使我不情愿地吃了那一口,肉很快就咽了下去,而青菜总在嘴里嚼很久。有一回看到碗里青菜特别多,吓得我扭头就想跑,身一扭手一扬撞到了我妈,她一下没拿稳,一碗饭菜全洒在了地上。不出所料,那天我不用吃青菜了,但却为此吃了一顿"屁股开花"。

毕业以后,我开始一个人住。加班、上火、补充维生素……各种原因,让我逐渐变成一个会主动吃青菜的大人。吃过很多种荤素搭配的菜色,最后发现,最好吃不过妈妈当年逼着我吃的那道回锅肉小青菜。回想起来,每次炒青菜前,我妈都会在厨房很认真地择菜,一根一根地挑选最嫩的部分,所以她做的小青菜可口又清脆,特别甜。一口下去,还会迸出汁来。混着豆瓣酱的回锅肉也很香,肥肉的部分都被煎得剔透起来。

可能越简单的东西越是混杂着生活的滋味吧,因为你总能从里面找到熟悉的影子。如今,偶尔加班回到家,饿到手脚发软时,打开冰箱,就着前一天剩下的肉和一点儿青菜,也会自己做起回锅肉小青菜,当面条的浇头。企图复刻妈妈的味道,又总是差那么一点儿。

寺你长大的青菜

夏天汗涔涔的下午，屋里那台华生牌电扇"咯吱咯吱"，一摇一摇地摆着。我站在墙角，对面是逼着我吃青菜的妈妈。她夹着一口菜，对我说"多吃才能长高"。如果有机会能够回到那一刻，我一定会大口大口地把碗里头的青菜全部吃光。而对面的妈妈，又会是怎样的表情呢？

听说，当一个人战胜了最初的本能，开始主动改变自己的时候，他就长大了。

妈，你看，我也变成了喜欢青菜的大人了。

1980年，刚满月的姜老刀。

Beef
Noodles

———

人生菜单
牛肉面

那些忍着喉咙冒火的热辣，
拼命下咽的时光，
我很想念。

13

夏

Chap. 3

人生菜单牛肉面

每次听人叫它"兰州拉面"，我总爱纠正一句，它就叫"牛肉面"！在西北，我们也会简称它为"牛大"。每次纠正时，我都好像带着自豪和使命感。

每次去西北，我第一件事就是找面馆。来一碗大宽肉蛋双飞，再加几个蒜瓣儿。一整天就可以不用跟人说话了。

说出来可能不信，像我这个吃牛肉面加十勺辣子都不嫌多的人，小时候是完全吃不了辣的。

初中时奶奶去世，我从上海转学到了西北我父母工作的地方生活。就像不会狩猎的食草动物来到了荒野，面对陌生的环境，陌生的学校，还有很久没有一起生活过的父母，我的神经异常紧绷。这种紧绷的对象甚至也包括食物。当第一碗牛肉面端到面前的时候，我被面汤上的红色惊呆了——不是辣椒面撒一些，也不是一小勺老干妈，而是鲜红一层、厚厚见不到底的辣子油。

在我犹豫不决的时候，我表哥爽气地取过我的碗，把那一层红色喝了再递回给我。我惊呆着接过碗，不禁佩服得五体投地。

我表哥比我大六岁，是到了西北之后，第一个被我认定为是"自己战线"的人，也是当年我最崇拜的人。他除了成绩优秀，家境优渥，言谈也开阔，甚至长相都很帅，是我们那一带的

人生菜单牛肉面

孩子王。作为被他"罩着"的表弟，每当我跟在他背后走在街上，头都是骄傲地扬着的。

另外不得不承认的是，我之所以能成为现在的我，大概是因为表哥当年在我幼小的心里，种下了一颗不可磨灭的种子。有一次暑假，表哥兴冲冲地要带我去游泳，家长们强烈反对，说弟弟小，不会游泳，万一出了什么事担不起这个责任。表哥硬是拖着我逃出了家，还被拍了好几下脑壳。走在路上他问我：你想学游泳吗？我说想，但好像大人都不同意。他说，一个人如果想做一件事，也觉得这件事对自己有意义，那就去做，如果失败了，就自己担着。谁反对都不要妥协，哪怕是父母。所以，你怕被水淹吗？我说不怕。

后来，我在二十多岁的时候，考到了救生员执照。

那时的我，跟班里同学之间隔着一道看不见的鸿沟。下雪天，当其他人熟练地骑自行车上学时，我却总是一捏刹车就摔个人仰马翻；严冬早晨出操的时候，我总是全班穿得最多却仍发抖得最厉害的那个；而且，从小在上海吃奶奶做的菜长大的我，都不敢跟同学出去吃东西，因为我连一口辣都吃不了。在一群孩子中间，被当作异类是件很难熬的事，容易受到各种挑衅。气不过的时候我也打架，但总是输。当我脸上挂着彩回到家时，我爸问我怎么了，自尊心作祟，我总说是骑车

摔的。

但我也开始偷偷地练习。在雪地里骑自行车，表哥教我把车胎放掉一点儿气，一试果然好控制了许多。最冷的天，他拉着我一起踢球到天黑，回到家浑身汗湿，整个人都在往外冒着白气。

表哥从小能说会道，是个刺儿头。虽然家里人都不说在明面儿上，但看得出，家长们都有点儿怕这个哥哥带坏弟弟妹妹，总是想方设法不让他影响到自己的孩子。但每次和表哥在一起，就会觉得西北那难熬的冬天，在我眼中渐渐美好起来。

对于兰州人来说，牛肉面可以是早饭、午饭或是晚饭。所以面馆不管哪个饭点去都是人满为患。西北人又都爱"就"（蹲）着吃饭。那时跟我表哥蹲路边吃牛肉面时，我也开始主动往碗里放辣子，每次都比上一回自己能扛住的辣度再多放一点点。有时辣得直哈气，表哥就会笑我的狼狈样，再给我倒上一点儿醋，说是能解辣。我学着他的样子，先呼噜一口汤，再大口吃面，再也没有让他替我处理牛肉面上那层红油了。哪怕吃到我整个嘴里在烧，哪怕边吃边灌水，我也会下咽。

如今在上海生活，虽然外面开的"兰州拉面馆"也不少，但有时想吃牛肉面的时候，我仍会自己做来吃。牛肉面讲究的是"一清二白三红四绿五黄"：清的是汤，白的是白萝卜，红的是油泼辣子，绿的是蒜苗，最后面条黄亮筋道。家里做的牛肉面，面条不可能做到像正统的店里那样，通常就会以西北家家户户会做的"拉条子"替代，用盐代替蓬灰，做出来的面也很筋道。放进由牛骨、牛腱子肉加半只土鸡小火慢炖了一晚上的汤里，加一把蒜苗，一沓薄萝卜片，烩上一大勺油泼辣子，再加一点点醋——吸溜一口汤，大口吃面，跟当年一样。

十八岁以后，我和父母一起回到上海生活，跟表哥分隔两地。加上他自身的一些变故，跟家人的关系也比较疏远。自此，我们将近二十年未见。现在的他心宽体胖，成了一个谢了顶的中年人，早就没了当年俊朗少年的模样。而我也已经是个蓄着胡子、在网上被称作"叔"的人了。

去年因为姥姥身体不好，我回了趟兰州，见到了他。他大清早来火车站接我，一路直接把我拉到了家面馆，笑着说，来，吃个早点。进门就跟刚开门的师傅打个招呼，然后坐下吃头锅面。倒一点点醋，拌着红油——第一口汤下肚，我困意全消，通透的满足感无法遏制。

吃面时笑谈那一年，他替我喝掉红油的故事，好像还在昨天。回到上海后，我写了一条朋友圈：前几天去兰州见了二十年没见的哥哥。他是我从小崇拜的偶像，长得好看，心里也有自己想要的世界。甚至可以说当时的他直接影响了我的人格，和现在的很多决定。隔了二十年见到的第一眼，我仍强烈地知道，你还是你。那个英俊的、有自己世界的小马哥。

1985年，左一，就是明显帅过我的小马哥。

人生菜单牛肉面

所以，正经地说，牛肉面算是我的"人生菜单"吧。

那些忍着喉咙冒火的热辣，拼命下咽的时光，我很想念。

秋 Chap. 4

AUTUMN

〇九月〇一日
星期 五

猫岛鱼之味 ¹⁵

〇九月二十三日
秋分

疗伤的卡斯特拉 ¹⁶

〇十月〇四日
中秋

说再见的烤肉 ¹⁷

十一月十六日
星期 四

Konbeitou
and
Raindrop cake

落满星星的
水信玄饼

他只怕时间过得太快，
来不及爱你。

14

秋

落满星星的水信玄饼

在日本拍摄金平糖的这一天，被邀请来上镜的是个瓜子脸、单眼皮的小女孩，名叫和惠。

在我们拍片的间隙，她一边哼着儿歌、踢着腿，一边把背在身上怎么都弄不平整的背包带子折腾来折腾去。她爸看不下去，粗手粗脚地帮她整理包带，带着一点儿小责怪的口气，说："你跟小猴子似的老动来动去干吗呢？"

"刺——挠！"小和惠操着一口嗲嗲的、地道的东北腔，咯咯笑个不停。

"虽然这孩子从出生到现在一直在日本，但咱中国人的孩子，在家就得说中文。"他爸自豪地笑，"是我立的规矩。"

但这位一家之主，因为工作原因，一年有一半时间，都与日本家中的妻子女儿远隔重洋。

也许是工作太忙，没时间关注花哨的小玩意儿，这位在日本生活多年的中国父亲，直到见到我们拍摄用的金平糖之前，竟然从不知道日本还有这么个传统小零食。金平糖又叫作花糖、星星糖。因为一小颗捧在手里，小小的疙瘩形成不规则的凸起，顺着阳光，晶莹剔透，确实像一颗小星星。

那瓶金平糖，是我们买来准备做水信玄饼的装饰用的。摆在芦苇叶上的一颗剔透的水信玄饼，就像露珠一般滑动，里面包裹着浸泡后舒展开的盐渍樱花，配上红糖和黄豆粉，再撒上缤纷得像星星一般的金平糖……别说小女孩，就连我都感受到了那名为"少女心"的东西。

小和惠见到这瓶五颜六色的漂亮小糖果简直乐疯了，围着糖瓶子打转，一刻都不愿走开。拿起一颗，要对着太阳看好久，才小心翼翼舔一口。含在嘴里时笑得眼睛眯成月牙，也不舍得嚼。

当我们表示把这一大罐金平糖送给小和惠，算是感谢他们配合拍摄的时候，她父亲不顾我们的推辞，硬是要塞钱给我们。

"算是我买的好不？我很少能买到她那么喜欢的礼物，这次

就让给我吧！"

他是认真的，我们拗不过他的强势。而他女儿在一边好奇地看着整个过程。这位父亲低头看着女儿笑了："你瞅啥？你又不懂，玩儿你的糖去！"

小和惠只是甜滋滋地抱着糖罐子笑。也许现在她不懂她爸的意思，但我知道她会记得。

就像我记得，那时候的初夏，蝉鸣。奶奶端着一箩筐的草莓，挑出又大又红的塞给我，自己把烂的吃掉。我总会傻乎乎地问：为什么你那么笨，专挑烂的吃？奶奶就答：烂的才最甜啊，呆孙。

小时候不明白的事，总有一天会明白。小和惠也一样，她会记住她老爸为了一罐子金平糖，说"让给我"的这个瞬间。

然后，在某一天她会懂得，那一年，那个忙得很少有机会见面的糙老爹，恨不得把所有屈指可数的表达爱的机会，统统抢到手中，一丝也不肯放过。

他只怕时间过得太快，来不及爱你。

Fried
Mackerel

猫岛
鱼之味

终有一天，
它会被絮絮叨叨相伴的时光冲淡，
被平静的天空和海浪围绕，
然后变成最好的味道。

15

秋

Chap. 4

猫岛世之咪

"这里的猫因为食物短缺，每天都在抢地盘。"

"岛上正在控制猫的数量，现在渔民都不随便喂猫了，这也是没办法的事。"

这段话，来自我们为了拍摄任务而来到的日本相岛。

这里是传说中的猫岛之一，是"猫的天堂"，世外桃源。人人都是猫的守护神，而猫也在冥冥之中守护着这方土地——来到这里之前，我们满心都是这样的想象。

而在我们刚抵达这座岛的第一分钟，我就亲眼看到一只体态较大的三花猫和两只小猫厮打成一团，两只小猫处于弱势，却仍嘶叫着死守着自己的领土。我养了那么久的猫，也见过不少猫打架的场景，但那几撮猫毛飘在空中，像飞扬的棉絮的场景，还是震到了我。

一位老伯突然走过来跺脚，怒喝了一声，成功分开了这场厮打。挑事的三花猫离开前，不忘凶巴巴地回头叫了一声，像极了反面角色在撤退前叫嚣"我还会回来的"之类的台词。留下两只小猫也并不舔伤口，目光坚毅，像是战乱中出生的野孩子。

这位喝退纷争的老伯不苟言笑，浑身散发难以接近的气场。他跟岛上其他渔民在外表上有着显著的区别，他戴着金丝边眼镜，衣服鞋子收拾得特别干净。但当他从我们夹着英语的日语中得知我们是来拍猫的之后，他微笑地向我们回以口音还不错的英语，对我们点点头。

"老伯也喜欢猫吗？"

"我太太喜欢，家里还养了一只。"

"网上说这里是猫的天堂。"

老头笑了："世上哪有什么天堂？猫跟人一样，都是很不容易的。"

猫岛鱼之味

拍摄并不顺利。岛主不愿意帮助拍摄猫主题的我们，因为限制猫的数量，他个人不希望相岛引来过多因猫而来的人，让我们自行邀请岛民拍摄。

挫败的我们来到岛上正对着港口的唯一的一家餐厅，那里是渔民们的聚集地，也是被称为"食堂"的存在。食堂里的鱼都是新鲜捕捞的，我们一行人吃着煎鱼，喝着鱼汤，但不知是老板娘放盐的手太轻，还是我们口味太重，对我们来说，这原汁原味的海味实在是淡了些。正犹豫着要不要向老板提出，但看周围也在吃着同样菜肴的渔民们却津津有味。

吃剩的鱼，老伯带出门去分给了猫们。刚好口味少盐，对猫们来说也合适。

向食堂里的人商量着接下来拍摄的事，毕竟如果岛主不协助，光靠人生地不熟的我们几个，要找合适的岛民入镜并不那么容易。我们也顺势询问起了之前遇到的老伯。虽然朝夕相处，但食堂的人也不清楚老伯的情况，只知道他年轻时曾受过很好的教育，还在城市里的大企业担任过要职。在某一年，因为某些原因，他带着妻子来到这座岛，从此再也没有离开。

回想他在这把年纪，还能用相当标准的英语跟我们交谈，也就不奇怪了。但说起他离开城市来到猫岛的原因，没有人知道。

猫岛鱼之味

最终我们找老伯商量了拍摄的事。对于上镜，他有点儿不好意思，但仍答应了我们的请求。拍摄任务结束后，我跟老伯聊了两句家常，问他喜不喜欢这里，他想了想才回答："这个岛上什么都没有，但我和太太还是很喜欢这里。不管哪里都会有烦恼，但只要好好过日子，总不会坏到哪里去。"

离开岛的时候，已是黄昏，两位老人一直站在码头边目送我们的船。直到我们离岸很远，他俩在夕阳下招手的身影缩到很小，却仍没有离去。

我脑中突然闪过这样一句话。

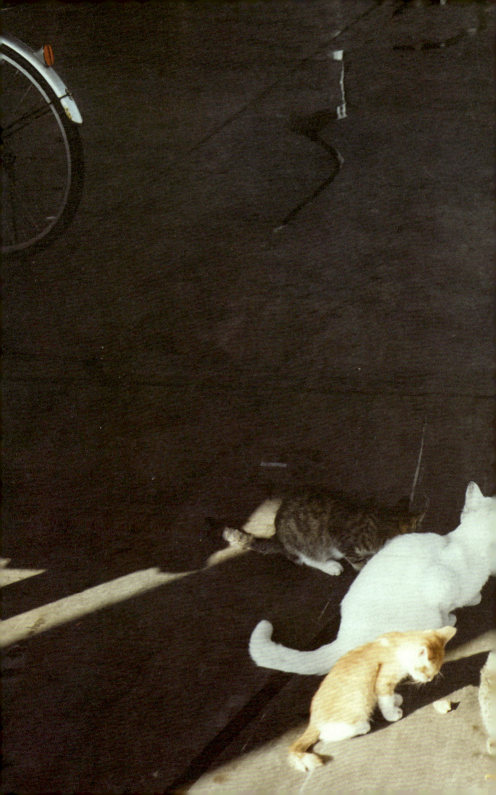

如老伯所说，这个世上没有什么天堂，连猫岛都不是猫的天堂，更别提人生，总会有苦辣酸涩。但终有一天，它会被絮絮叨叨相伴的时光冲淡，被平静的天空和海浪围绕，然后变成最好的味道。

Castella
Cake

——

疗伤
的
卡斯特拉

也许人生有很多苦涩，
好在疗伤的方法，
除了时间，还有蛋糕。

16

秋

Chap. 4

分切的卡斯特拉

"卡斯特拉啊，我是很喜欢的。"

笑眯眯地说这句话的老头，姓深堀。

深堀先生是一位长崎当地的老伯，也是我们找来为"日食记"出镜的人。对于我们即将拍摄卡斯特拉，他一口答应当"演员"，还关照我们不需要再另找司机，他可以代劳。

老头的车里的广播放着日本演歌。他一边驾驶一边充当导游，向我们介绍着长崎这座城市。

长崎有个永远也抹不去的标签，那就是"被原子弹制裁过的城市"。好在这里还有另一个值得被记住的标签，那就是当地名产卡斯特拉蜂蜜蛋糕，别名"长崎蛋糕"。

长崎蛋糕的来源，是十七世纪的葡萄牙传教士。当时他们远渡重洋来到日本的长崎，走上街头给当地居民送去甜品和糕点，以此传播基督教。而这款当时大受欢迎的，由蜂蜜、鸡蛋、面粉做成的蛋糕，就留存了下来，久而久之，成了长崎名产。

我不爱吃甜食，其实光听到蜂蜜蛋糕这几个字已经觉得很腻了。但尝过一口之后，顿时能够体会它成为名产的理由，并很快就消灭完了一整块。长崎蛋糕样子朴素，方方正正，外层颜色较深，甜中带有微苦，里面浅黄色的蛋糕体松软绵密，

底部带有小颗的焦糖。因为我们有幸买到了刚出炉不久的蛋糕，入口时还有微微的湿润感，让甜蜜感倍增。

"长崎蛋糕的发源地可不是长崎，而是从外国引进的。这里也会有一些人，因为一些历史和政治的原因（指原子弹）对外面的一些言论很敏感，但大家对于外面来的蛋糕，倒是都不会讨厌。"

"食物很单纯，只分好吃和不好吃。"同行的懂日语的同事这样说。

"正是如此。"老头对他的说法表示很开心，"遇到过不去

的事情，时间久了，再吃几顿好吃的，就都过去了。"

"到我这把年纪，没多久身边就会多几个离开的人。"说完这句，他沉默了一会儿，可能是想起了谁。又补了一句，"慢慢地都会习惯的，人就是这样。"

他没再往下说，只是跟着广播哼了几句歌，慢慢开着通往山下的路。车窗外是格外安静的落日景色，偶尔路过一个街边的小游乐园，有个孩子一个人滑着滑梯，在他不远处，白发老人坐在秋千上。

看着这样的景色，听着演歌有点儿奇怪的旋律，那一刻，我觉得很动听。

朴素的东西往往最容易触动人心，一如毫不花哨的蜂蜜蛋糕。
也许人生有很多苦涩，好在疗伤的方法，除了时间，还有蛋糕。

正在和妻子约会的深幅先生。

2014年，长崎，

[illegible]伤的卡斯特拉

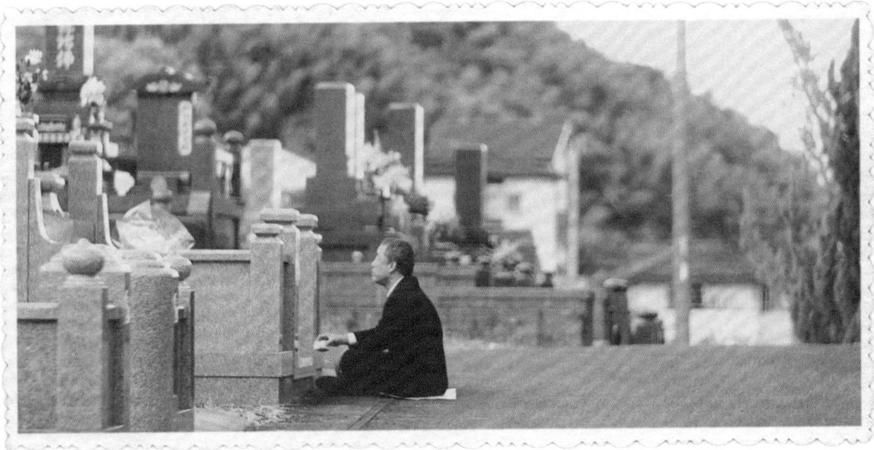

Korean
Barbecue

———

说再见
的
烤肉

这里有我们需要的幸福感，
哪怕只是暂时的。

17

秋

Chap. 4

今天去理发的时候，我的理发师突然问我："我第一次给你理发是什么时候啊？"我想了一下回答："09 年吧。"

居然都八年了，真是够久的。

他说他要跟老婆回银川老家生活了。老婆是几年前理发店的同事，因为相爱后没法同时待在一家店里工作，于是老婆辞职开了家美甲店做些小生意。离开上海的决定花了整整半年的时间。虽然通过几年的努力手上也积攒了小几十万，但当他发现自己收入的涨幅和那可怜的小几十万远远赶不上上海的房价后，最后还是绝望地做出了选择。他说他自己怎么都行，就是不想孩子出生在出租屋里。

我不知道怎么安慰他，就假装高兴地说："银川是个好地方，收入不算低，消费水平又合适，以你的理发水平，应该可以过得不错吧。"他说："希望是吧。对了，你能给我一张签了名的'日食记'明信片吗？要里面有你和酥饼的那张。"

这回轮到我吃惊了。

"你居然知道'日食记'？"

他笑笑。"我去年就认出你来了，我和我老婆都是你们忠实观众。因为怕你害羞，所以从来不提。"

理完发，店也要打烊了。对于我这种"社交恐惧症"患者来说，通常情况就是说声再见，接着匆匆离开。可今天莫名心念一转，说了句，晚饭还没吃吧？不如我请你吃烤肉啊。
理发师显然有些准备不足和局促，想了下说，好，等我收拾
下工具。

坐在烤肉店里时，已经没什么人了。只有一个醉汉趴在桌上
一口一口喝着啤酒，嘴里喃喃地说着什么。店里安静得只有

玩半死的烤肉

炭火偶尔发出的噼啪声，屋内弥漫的水汽顺着玻璃流淌，收银小妹已经睡得打起了呼噜。我拿起一块猪肥膘，在烤热的铁盘上擦了一层油，将五花肉和牛肉平铺在铁盘上。高温让肉瞬间变了颜色，烤得嗞嗞作响。翻一下，随着肉里的油脂一滴一滴地淌下，香味直窜。

我举起啤酒说，来，不管在哪里，有吃有喝，有你爱的家人在身边，哪里就是你的家，希望我们都可以顺顺利利。理发师笑了，他笑的时候很像陈坤。八年前觉得他特别帅，现在沧桑也不觉写进了他的双眼。

他笑着说，是啊，哪里都可以成为家，顺顺利利就好。

烤肉是一种奇特的食物，简单粗暴，又富含温情。在一个安静的空间里，光是听着烤肉在烤盘上嗞嗞作响的声音，看着升起的一缕缕烟融化在暖黄的灯光里，这样的时刻，就会让我感觉到一种幸福感。两个人围坐，把酒言欢，看着肉片的舞动。兴许这就是我热衷于把朋友带去烤肉店的原因吧。

这里有我们需要的幸福感，哪怕只是暂时的。

临分别时他说他很喜欢上海。本来以为可以老死在这个城市，可以一直有我这么一位熟悉又陌生的客人。可以一直为我理发，每两个月见一次，哪怕见面只会说一句，来啦？嗯，来了。我笑："今天我们说的话加起来比我们八年来总共说的话都

要多。以后我来银川，一定找你玩。"

看着他离去的背影，有点儿说不出的伤感。

说再见的烤肉

EPILOGUE

后记

一个居心叵测的
美食博主

去年的某一天，我去家门口的超市里买东西。没洗脸，胡子拉碴的，穿着前一晚随手扔在一边的皱巴巴的衣服。这时一个姑娘走过来，有点儿不确定地问我：你是不是"日食记"的姜老刀？我故作镇定地回答，姑娘，你认错人了。

那天我一出超市的门就兴奋地给小管（小管是维护"日食记"微博的同事，因为好人缘，被粉丝所喜爱，昵称她为小管）打了电话："刚刚我第一次在公共场所被人给认出来了！"

小管比我还惊讶："咱播放量都破亿了，你才第一次被认出来？"

因为拍了"日食记"的缘故，我莫名成了"网红"，有一阵子频繁被采访。坦白讲，这一度让我很抗拒。而最容易被问的一句就是：美食和做饭，对你来说意味着什么？

一般来说，我应该回答，做饭意味着对生活的热爱，美食能让人体会到美好，这是一种愉快的生活习惯和态度，巴拉巴拉……

然而并不。

其实，我是个连"对吃很有要求"这种基本的标准都排不上号的人。

相比那些温暖而美好的词汇，做饭对我来说有着更"功利"的作用。它不是我生活的调剂品，而是助我渡过难关的重要存在。

我的第一个难关是在我上中学时。

那时年少的我，写了本武侠小说，把全班人都写了进去。写着写着，小说在班里火了，同学们传阅之余，都希望自己在小说里能有个光辉形象，或者至少能活得久一些，于是纷纷"贿赂"我，让我过了一段呼风唤雨的日子。

不过好景不长，这本小说还没写到结局，就已经迎来了它自己的结局。被我写死的某个同学含恨报告了老师，于是，小说被当众无情地撕碎。

更不巧，那时正要开家长会。我自知在劫难逃，就趁我爸参加家长会还没回来的工夫，在家里捣鼓了几道简单的菜摆了满满一桌。

那是我第一次做饭。而这一桌饭菜，成功为我避开了挨揍的命运。

第二次难关，是我刚大学毕业那会儿。有着放纵不羁爱自由的灵魂，我组了个乐队，当上了队长兼贝斯手。那时候我们号称为了音乐梦想要义无反顾，所以大家都离开家一起住在出租屋里。可除了我之外，其他几个人基本属于生活不能自理的类型。所以为了让他们不至于饿死，除了拉活，我还得顺带做饭给大家吃，照顾他们的起居。队长的意义也就等同于保姆和经纪人。

为了省钱，我天天给他们做番茄炒蛋盖饭。天天吃，顿顿吃，吃了近一年，一直吃到我终于死心，收起贝斯，找了份影视类的工作。这一年的番茄炒蛋伴我度过了人生中最穷的时光，当然也没有白吃，至少我可以熟练地单手打蛋了。

几年过去了。到了2013年，我再次遇到了危机。此时我已经开始经营自己的影视工作室，听着挺美，其实一共就五个人，每天都挤在二十平方米的小房间里，给客户们一遍遍地改片。今天说要大气，明天说要有振奋人心的力量，折腾几个通宵最后又改回最初的样子。客户永远缺预算，但却永远要求又快又好又便宜。单子也是有一搭没一搭，存活都成问题，加班费我根本给不起。公司里90后的年轻孩子没有抱怨过一句，然而我一边跟他们说说笑笑，一边内心焦灼。

于是我开始做夜宵给他们吃。因为在不痛快的时候，没钱的时候，对生活恐惧的时候，至少还有食物能温暖人的心和胃。我曾边盛鸡汤，边对小胖和肉圆妹说过一句巨矫情的鸡汤："让我们一起做完这场固执的梦。"

想象下这个画面：冬天的大半夜里，一个有文身的糙汉老板，一边苦哈哈地卖着鸡汤语录，一边叼着烟在公司里做着夜宵，员工们加班吐槽着工作，公司里养的猫转来转去视奸着一切。

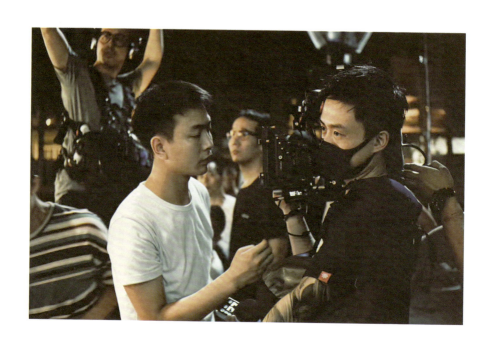

一个编辑朋友说，你干吗不拍下来？

于是就有了"日食记"的第一集，圣诞节姜饼人。那是我第一次做姜饼，短片的结尾是小胖和肉圆妹啃着比石头还硬的姜饼人，面带微笑地说：真好吃。

从那之后，每周一集"日食记"，花个三五分钟看这个糙汉老板做一道菜。虽然也有观众吐槽猫在边上不卫生，但我们也收获了许多人的喜爱。特别是我们的那只猫，"叫声酥，脸像饼"的酥饼大人，被姑娘们一口一句"可爱可爱"，宠得就差上天了。

回过神来，公司也新添了好多小伙伴了，小胖工资也涨了。他怀疑是酥饼有神力加持了我们的食物，让我们有了解决问题的勇气。毕竟养了酥饼大半年，一切突然变好了。他开始频繁给酥饼顺毛、做"马杀鸡"，有时嘴里还念念有词，搞些封建迷信活动。

如今已经不用再做夜宵抵加班费了，但在公司里做饭的优良传统被保留了下来。不做饭，哪儿来的"日食记"？

"一起做完这场固执的梦。"当年这句鸡汤，如今被裱在了我的公司的上空。

新来的员工问我，固执的梦究竟是啥梦？你自己知道不？

我想起我曾开玩笑地在微博上发过一句话：我想买个大别墅，有游泳池的那种，把你们（指我的员工们）都养起来。当时小管马上就用公司的官博转发了我这条：不约，叔叔我们不约。

虽然是个玩笑，但说真的，我最想要抵达的地方，就是在一个我喜欢的场所，用喜欢的方式，跟喜欢的人和动物们在一起。吃喝聊天、写字拍片，睡觉前想想电影梦完成了多少，不狂奔，也不彷徨。

说了这么多，现在回到最初的问题——
美食和做饭，对我而言意味着什么？

这世

就是用自己

发现岁月是个贼，
已偷走了你所有选择

…只有一种成功
…喜欢的方式度过…生

总 策 划 | 姜 老刀

项目负责 | 陈 竹聿、陆 乙如

宣传统筹 | 林　达

摄　　影 | 姜 老刀、徐 汇丰

插　　画 | 李 中龙、张 晓春

书籍设计 | SAYSOOO

美术支持 | 杨 富贵

官方微信　日食记 rishi-ji

官方微博　@ 日食记
　　　　　　@ 姜老刀
　　　　　　@ 酥饼大人

监　　制｜韩　寒

策 划 人｜戚 开源

出版统筹｜朱 华怡

策划编辑｜熊 悦妍

策划推广｜金怡玉玲、韩　培、顾 诗羽

特约发行｜宗　洁

特约印务｜张 春笛

ONE
book

官方网站　wufazhuce.com

官方微博　@ 一个 App 工作室
　　　　　@ 一个图书
　　　　　@ 亭林镇工作室

图书在版编目（CIP）数据

日食记 / 姜老刀著 . -- 成都：四川文艺出版社，
2018.8（2018.10 重印）
  ISBN 978-7-5411-4753-1

  Ⅰ . ①日… Ⅱ . ①姜… Ⅲ . ①故事－作品集－中国－
当代②食谱 Ⅳ . ① I247.81 ② TS972.12

中国版本图书馆 CIP 数据核字 (2017) 第 171062 号

RI SHI JI
日食记
姜老刀　著

责任编辑　彭　炜
责任校对　汪　平
装帧设计　SAYSOOO
出版发行　四川文艺出版社（成都市槐树街 2 号）
网　　址　www.scwys.com
电　　话　028-86259287（发行部）　　028-86259303（编辑部）
传　　真　028-86259306
邮购地址　成都市槐树街 2 号四川文艺出版社邮购部 610031
印　　刷　北京彩和坊印刷有限公司
成品尺寸　145mm×210mm　1/32
印　　张　7.75　　　　　　　　字　　数　100 千
版　　次　2018 年 8 月第一版　　印　　次　2018 年 10 月第三次印刷
书　　号　ISBN 978-7-5411-4753-1
定　　价　69.00 元